ÉLOGE

DE M.ᴿ POITEVIN.

ÉLOGE

DE M.ᴿ POITEVIN,

PAR M. MARTIN-CHOISY,

Juge en la Cour d'appel de Montpellier, l'un des
Secrétaires perpétuels de la Société des Sciences et
Belles-Lettres de la même Ville, des Académies du
Gard et de Marseille, et des anciens Musées de Paris
et de Bordeaux,

1808.

ÉLOGE

DE M. POITEVIN,

PAR M. MARTIN-CHOISY,

L'un des Secrétaires de la Société des Sciences et Belles-Lettres de Montpellier, etc....

Lu dans la Séance publique du 7 Avril 1808.

C'EST un usage consacré dans les Sociétés savantes d'apprécier les talens et les qualités des membres qu'elles ont perdu ; de présenter sous le nom d'*éloge*, l'analyse de leurs travaux et quelques traits caractéristiques de leur vie ; ces faits racontés devant les amis de la vérité, que l'on prend en quelque sorte à témoin de la sincérité de l'hommage, se lient à l'histoire des sciences ; ils plaisent au souvenir de ceux qui en ont avec eux parcouru la carrière, et intéressent même, dans leur simplicité, cette partie éclairée du public dont on aime à obtenir le suffrage, mais souvent facile à croire à l'abus de la louange.

Si les Académies doivent ce tribut à tous leurs membres, seroient-elles muettes à l'égard de certains hommes qui ont laissé des regrets partout où ils ont vécu, à tous les corps auxquels ils appartenoient, dont les qualités précieuses seront long-temps l'entretien de leurs concitoyens, de leurs parens, de leurs collègues? C'est alors que les Académies, dont la mission semble devoir être de ne recevoir qu'avec examen ce qui leur vient de l'opinion publique, se félicitent d'en être les organes, et que leur interprète se trouve heureusement placé entre le devoir de parler, et l'attente d'être écouté avec faveur, et n'a plus à redouter que sa propre foiblesse.

Les liens d'une proche parenté, ceux de la reconnoissance et d'une affection presque filiale, qui m'unissoient à M. POITEVIN, me laissent encore pour écueil ma propre sensibilité; sera-ce assez pour moi de le présenter sous les rapports de citoyen très-recommandable et d'excellent académicien? La perte qu'ont éprouvée l'administration et l'Académie est considérable et a été sentie; mais celle que j'ai faite ne peut être réparée, et l'esprit et la raison seuls ne sauroient l'apprécier.

JACQUES POITEVIN, Conseiller de Préfecture du département de l'Hérault, membre de la

ci-devant Société royale des Sciences, l'un
des secrétaires de la Société des Sciences et
Belles-Lettres de Montpellier, honoraire de
la Société de Médecine - pratique de cette
ville, de l'Académie d'Agriculture de Padoue
et de la Société philosophique et littéraire
de Manchester, des Académies du Gard et
de Marseille, des Sociétés d'Agriculture de
l'Hérault, de Seine et Oise, etc. ; naquit à
Montpellier le 6 octobre 1742, de Durand-
Eustache Poitevin, Conseiller de la Cour des
comptes, aides et finances, et de Marie-Anne
Falgueiretes de Rebourguil. Sa famille ori-
ginaire de Blois, où elle vivoit dans des
emplois honorables, s'étoit réfugiée en Lan-
guedoc au mois d'août 1572, à l'une de ces
époques que l'on voudroit effacer de notre
histoire ; le père de notre académicien se
ressentit aussi des rigueurs de son temps ;
après une grave maladie, où la nature fut
plus indulgente que les hommes, il se vit
obligé de faire le sacrifice de sa charge à son
opinion et à sa conscience ; demeuré veuf
de très-bonne heure, et n'ayant conservé de
ses nombreux enfans que le plus jeune, objet
de cet éloge, il lui donna les marques les
plus précieuses d'une affection exclusive, en
prodiguant tous les soins à son éducation ;
celle de M. Poitevin fut en effet très-dis-

tinguée ; il fut initié par des maîtres habiles à tous les genres d'instruction et de connoissances dans lesquelles il fit également des progrès.

Sa carrière étant incertaine, à tout hasard on le fit étudier en droit. On sait combien ces études se faisoient légèrement dans nos écoles, et que tout se bornoit après trois ans d'inscriptions et non d'assiduité, à subir de prétendus examens, et à répondre en chaire à des argumens communiqués ; ce vain simulacre de science ne pouvoit convenir à un esprit solide ; il crut devoir s'en occuper plus sérieusement, comme s'il avoit eu l'ambition de devenir un bon magistrat ou un habile jurisconsulte, et il en retira au moins le fruit, de n'être point étranger dans la suite aux principes et aux lois sur lesquels repose la fortune des citoyens ; on l'a vu souvent servir de médiateur entre des propriétaires inexpérimentés dans les affaires, régler des intérêts compliqués de famille entre des voisins de campagne, et rédiger avec une précision et une clarté peu communes, des transactions, que le génie des praticiens eût été forcé de respecter.

Mais l'application de ces connoissances ne pouvoit avoir lieu que dans des circonstances particulières, et être pour lui que les délas-

semens de l'homme vertueux ; les sciences
et la littérature paroissoient devoir se dis-
puter tour à tour une imagination vive et
brillante , et en même temps une raison pré-
coce et un esprit juste et méthodique ; mais ,
malgré les attraits que la littérature et la
poésie avoient pour lui , il sut se soustraire
de bonne heure aux séductions qu'elles
exercent sur tant de jeunes gens , trompés
sur l'idée de leurs talens ; il eut le bon esprit
de sentir qu'un beau ciel ne suffit pas à la
culture des arts de l'imagination et du goût,
que ces arts ont particulièrement une patrie,
tandis que la sphère des sciences embrasse
tous les pays. Sans abandonner les belles-
lettres qu'il a toujours cultivées en secret, il
prit son parti et se décida pour les muses
sévères ; avant l'âge de 23 ans , il étoit de
l'Académie des Sciences et marié ; on ne
pouvoit guère plutôt donner de tels gages à
la raison.

Mais la raison lui assura en échange le
bonheur ; une compagne douée de toutes les
vertus et de toutes les qualités qui pouvoient
la lui rendre chère , une jeune et nombreuse
famille donnant d'heureuses espérances qui
n'ont point été trompées , une position de
fortune heureuse , la considération que lui
donnoient son caractère personnel, un esprit

aimable et très-éclairé, lui assuroient déjà
un long bonheur, dans un âge dont on dis-
sipe ordinairement les trésors dans le désordre
d'une vie agitée par l'inconstance des goûts
et des plaisirs. L'activité du jeune père de
famille, dirigée au contraire par la passion
de s'instruire et le goût des plus belles connoissances, multiplioit autour de lui les jouissances de la raison et de l'esprit ; rne bi-
bliothèque considérable, des instrumens de
physique et d'astronomie qui le suivoient de
la ville à la campagne, ainsi que d'autres se
font suivre par les frivoles instrumens des
jeux, et ce qui est inappréciable, une société
permanente, composée des hommes les plus
instruits, que l'estime et l'amitié ont tenu
constamment réunis pendant 3o ans ; voilà
sous quels auspices le jeune savant com-
mençoit son heureuse carrière.

C'est dans cette maison, asile de la paix
et des lumières, que j'ai vu, conduits par
une douce habitude, et pour ainsi dire à
toutes les heures de la journée, les de RATTE,
les POUGET, les MONTET, les FOUQUET, les
VENEL, les LAFOSSE, les GOUAN, les CHAPTAL
oncle et neveu ; celui-ci, qui sortant de son
adolescence, annonçoit ce génie laborieux et
élevé, qui développé par des circonstances
extraordinaires, l'a porté aux premiers rangs

des savans et aux premières places de l'État.
C'est dans ces entretiens variés et du plus
haut intérêt, sur des matières de physique,
d'astronomie, de chimie, de médecine,
qu'une émulation constante pour les progrès
des sciences expérimentales, se mêloit aux
charmes de la société ; car ces savans étoient
aussi des hommes de beaucoup d'esprit et
même d'un enjouement aimable, agrémens
qu'on ne trouve pas toujours dans la société
des poètes et des moralistes, et qui vient
sans doute de ce qu'il vaut mieux pour la
paix de l'âme, étudier les richesses de la
nature, que les misères du cœur humain.

Qu'on pardonne ce long détail au sentiment
qui nous attache aux souvenirs de la première jeunesse, surtout à ceux des plus beaux
jours de l'Académie, à la mémoire de tant
d'hommes de mérite, dont les titres reposent
dans l'estime publique, et qui réunis à nombre
d'autres savans aussi célèbres, composoient
alors la Société royale des Sciences. Le zèle
pour la gloire de cette Société les animoit
tous, et M. POITEVIN étoit un de ceux dans
lesquels se manifestoit le plus la ferveur académique. Reçu au commencement de l'année
1766, sur plusieurs mémoires de physique,
il sentit bientôt après se développer en lui
un goût dominant pour l'astronomie. MM.

de RATTE et DANYZY père furent ses guides dans les observations et les calculs de cette belle science, qui devint pour lui une passion ; elles s'irritent par les obstacles : sa vue étoit forte, mais affectée de myopie ; il se procura des instrumens convenables à ses yeux, et surtout une excellente lunette achromatique de DOLLOND, que M. de LALANDE lui fit venir de Londres, et qui est un des instrumens les plus parfaits qui soient sortis des mains de cet artiste célèbre ; on sait que le grand éloignement des astres rend, au moyen des instrumens, la différence des vues peu sensible ; les merveilles de l'optique mettent de niveau devant l'immensité du ciel, ainsi que celles de la nature devant sa toute-puissance.

Le très-grand nombre d'observations qu'il a faites pendant l'espace de près de 40 années, soit à l'observatoire, soit à sa maison de campagne de Mézouls, sont en très-grande partie dans les recueils d'assemblées publiques, dans les Bulletins de la nouvelle Société, dans les volumes de l'Académie de Sciences de Paris et dans les connoissances des temps par M. de LALANDE ; il déposoit ainsi avec exactitude dans ces riches annales, le fruit de ses journées et de ses veilles astronomiques, n'ayant d'autre prétention que de servir assidûment une science qu'il aimoit.

Le haut degré d'élévation où KEPPLER, le grand NEWTON et CASSINI avoient placé l'astronomie, les nombreuses découvertes qui sont dues à l'Académie des Sciences de Paris, les belles théories des CLAIRAUT, D'ALEMBERT, EULER, LA GRANGE, LA PLACE, sembloient devoir la rendre pour long-temps stationnaire et jusqu'à ce que, une multitude d'observations faites avec soin et le perfectionnement présumé des instrumens, réalisé depuis avec tant de gloire par HERSCHELL, pussent permettre au génie d'ajouter aux sublimes méthodes de ces illustres savans.

Mais les connoissances acquises présentoient déjà un des plus beaux monumens de l'esprit humain, et trop imposant pour ne pas exciter le zèle des simples observateurs, les presser d'accumuler les faits, et les faire concourir à une histoire plus abondante et plus précise des mouvemens des astres, et préparer par là, aux grands géomètres des races futures, d'aussi magnifiques résultats.

C'est dans cet esprit que M. POITEVIN s'adonna à l'astronomie pratique, et qu'il a mis dans la suite de ses observations, un zèle et une constance, qui lui ont mérité l'estime des observateurs les plus distingués. Il suffiroit de dire, pour attester ses travaux, que le célèbre auteur de l'histoire de l'astro-

nomie ancienne et moderne, l'a placé con-
jointement avec M. de Ratte, sur la liste
honorable de ceux « qui se répondent d'un
bout de l'Europe à l'autre, pour fournir sans
cesse de nouvelles observations, qui sont
l'aliment de la science » (1).

Ce seroit une nomenclature déplacée que
d'énumérer ici ces nombreuses observations,
sur des éclipses de soleil et de lune, les sa-
tellites de Jupiter, la disparition de l'anneau
de Saturne et sa réapparition, la comète de
1781, la différence des méridiens entre Tou-
louse et Montpellier, plusieurs passages de
Mercure, etc. etc. ; observations qui ne
seront point perdues, quoique éparses, et
qui feront partie de l'histoire céleste de Montpellier, dont s'occupe M. Danyzy, membre
de la Société, habile et zélé astronome.

Mais il est à remarquer que de toutes ces
observations plus ou moins utiles, celles qui
concernent la planète de Mercure, peu facile
à observer, sont précieuses sous plusieurs
rapports ; aucun des passages de cette planète
sur le soleil, ne pourra être vu en France
avant le 5 mai 1832, et d'ailleurs elles ont
presque toujours été faites par un temps très-

(1) Hist. de l'astronomie mod., tom. III, pag. 13ʒ
et 133.

serein, avantage dont on a rarement joui dans les autres observatoires.

Cette sérénité constatée de notre ciel, qui le rend si propre à l'astronomie, étoit le sujet de ses jouissances et en même temps de ses regrets et de ses plaintes. Disciple de M. de RATTE, il partageoit ses travaux comme ses vœux, et les vœux qu'ils ont souvent fait entendre, étoient de voir l'observatoire dans un état plus florissant ; ils saisissoient toutes les occasions de plaider la cause de notre climat et de l'astronomie ; ils se comparoient modestement à des bergers de la Chaldée, privés des avantages dont jouit un peuple hyperboréen ; ils aimoient à rappeler que CONDORCET (1) a déploré cette fatalité, qui depuis la renaissance des lettres a placé dans le nord, ou du moins dans les pays nébuleux, les observatoires des hommes célèbres, que BAILLY faisoit des vœux (2) pour que de pareils édifices et de pareils hommes fussent placés dans le midi ; et vous vous rappelez, MM., cette séance à laquelle assistèrent MM. LEFEBVRE-GINEAU et VILLARS, membres de l'Institut, où M. POITEVIN présenta un prétendu *fragment inédit du voyage du jeune*

_____

(1) Hist. de l'Acad., année 1774, pag. 51.
(2) Hist. de l'astr. mod., tom. III, pag. 333.

Anacharsis ; il cherchoit sous le voile de l'allégorie , à intéresser ces deux savans distingués en faveur de notre observatoire ; cet écrit qu'un style rempli de grâce et de justesse rend presque digne de son titre, respire l'amour de l'astronomie et la sollicitude d'un de ses plus fidèles sectateurs.

La pureté de notre ciel n'a pas besoin d'être justifiée ; tout le monde en parle ; les poètes , les historiens et les voyageurs l'ont célébrée ; mais quelques faits astronomiques pourront obtenir encore plus de crédit auprès des savans.

M. de RATTE rapporte que la comète de 1759 parut à Paris presque sans queue, tandis qu'à Montpellier il la vit avec une queue de 25.° , la partie la plus lumineuse étant de 10.° Il ajoute que la fameuse éclipse de soleil du 1.er avril 1764 , fut observée par quatre personnes dont il faisoit partie ; et qu'ayant des vues différentes et des lunettes d'inégale force , ils s'accordèrent tous à marquer la fin de l'éclipse à la même seconde, indice certain de la grande sérénité du ciel. Et enfin qu'en 1773 M. de LALANDE étant à l'observatoire de Montpellier , vit distinctement à l'œil nu , Mercure à l'horizon , et ce fut pour cet habile astronome , un spectacle bien intéressant, que celui d'un horizon si net, si exempt de vapeurs.

Ces témoignages de la pureté de notre athmosphère sont si frappans, qu'ils m'ont paru devoir être rapportés, et excuser, s'il en étoit besoin, les réclamations multipliées de M. POITEVIN pour un établissement public et réglé d'astronomie ; c'est un soin que je devois à sa mémoire, c'est presque une de ses volontés que j'exécute par cette digression, et il devoit entrer dans son éloge, d'importuner encore, au nom de ce beau ciel, le Gouvernement et les Mécènes.

Mais, en tout pays, l'aspect des astres est souvent interdit à l'observateur suivant l'état de cette région athmosphérique, que la nature semble avoir donnée à chaque planète, avec un degré de densité bien différent, et dans le sein de laquelle se forment les météores, principes de fécondité et quelquefois de destruction. Les privations de l'astronome ne sont alors que partielles pour le physicien ; les premiers travaux de M. POITEVIN avoient été dirigés vers la météorologie, et il avoit été chargé de suivre particulièrement les observations udométriques de M. ROMIEU ; il a rempli cet engagement pendant 35 années, depuis 1767 jusqu'en 1802, mais sur un meilleur plan.

Il abandonna la méthode de ROMIEU, qui partant du principe du poids calculé d'un

pied cubique d'eau de pluie , réduisoit la
quantité d'eau observée en pieds , pouces et
lignes sur un pied carré de surface ; cette
méthode lui présentoit des erreurs dans la
pratique ; de très-petites quantités étoient dif-
ficiles à évaluer ; et d'ailleurs , la pesanteur
de l'eau , plus grande pendant l'hiver que
pendant l'été , le plus ou moins de pureté
des eaux de la pluie , l'ordre dans lequel elles
tombent , les premières ondées étant toujours
chargées de parties hétérogènes , lui offroient
des inconvéniens par la différence entre les
résultats des hauteurs conclues par le poids
et ceux qui sont obtenus par l'observation
directe ; c'est ce dont il s'assura plusieurs fois ,
et le résultat d'une de ses expériences , faite
le 27 janvier 1772 , étoit que ROMIEU se seroit
trompé dans cette occasion , de $\frac{1}{16}$ de ligne ,
0,705 millimètres en moins. Ces remarques
paroîtroient minutieuses , si l'on ne savoit
que dans les observations physiques , il ne
faut rien négliger de tout ce qui peut ajouter
à la précision , que les plus petites erreurs
accumulées en amènent de grandes , et que
tout ce qui doit être soumis au calcul , doit
en suivre , autant que possible , la rigueur
dans ses élémens.

Trente-deux années complètes d'observations lui ont donné un résultat moyen de

764,724 millimètres, 28 pouces 3 lignes par année, quantité qu'il propose d'adopter comme la plus certaine; la comparaison des premières années et des dernières, lui a démontré une diminution sensible dans la quantité annuelle moyenne de pluie, qui tombe à Montpellier; il en attribue la cause, si elle n'est que locale, à l'abus des défrichemens et à la destruction des arbres; il indique la distribution de la pluie dans les différens mois de l'année; il observe qu'un phénomène qui paroît appartenir aux pays méridionaux, surtout à ceux qui sont situés près de la mer, est la quantité énorme de pluie qui tombe dans d'assez courts intervalles, puisqu'un jour (le 15 décembre 1768) a donné 8 pouc. 3 lig., 15, ce qui forme presque le tiers du contingent de l'année; phénomène après lequel, ce que j'ajouterai qu'il tombe à Paris, année commune, 19 p. d'eau, et à Montpellier 28 pouc. 3 lig., c'est-à-dire, près d'une moitié en sus, pourra beaucoup moins étonner.

Ces observations udométriques ne font qu'une petite partie de l'*Essai sur le climat de Montpellier*, à l'article des météores aqueux; cet ouvrage publié en 1803, renferme l'histoire complète des variations de l'athmosphère pendant la seconde moitié du dernier siècle, et prend même son origine, à l'époque de l'établissement de l'Académie en 1706. Des recherches topographiques sur les eaux, le sol, la nature des terres, la population, etc., en forment la première partie ; les deux autres contiennent tous les faits météorologiques, fruits de ses observations ou de ses recherches, et l'on y voit combien cette patience à les noter ou à les recueillir peut conduire à des résultats intéressans ; il se plaît à établir par des conséquences certaines la bonté des eaux, la salubrité de l'air et la longévité des habitans, telle que les contrées les plus salubres sont loin de présenter un pareil résultat ; ce n'est pas seulement un bon ouvrage, mais c'est encore un ouvrage bien fait et bien écrit ; intéressant pour tous les lecteurs, d'une utilité directe pour la physique et la médecine, auxquelles il peut offrir les données positives et certaines d'un siècle qui finit, pour servir de terme de comparaison au siècle qui commence, pour mieux apprécier le caractère du climat et les effets de l'influence athmosphérique, et déterminer encore, si notre climat a éprouvé des changemens ; question très-douteuse, qui partageoit MM. de RATTE et FOUQUET.

Le mérite de ce livre où rien n'est inutile

dans le style et dans les faits , est encore d'intéresser ceux qui aiment à comparer les climats , de nous attacher davantage au pays que nous habitons , et de rendre plus désirable aux étrangers notre air salubre et vanté. Il justifie le gracieux honneur qu'a reçu Montpellier de servir de nom ou de surnom dans trois parties du monde aux climats les plus heureux ; et l'empressement qu'avoient les vieux pères jésuites d'aller finir ou plutôt conserver leurs jours dans une cité célèbre par son climat et sa faculté ; *quel est donc ce Montpellier* (s'écrioit un de leurs généraux) *où la vieillesse accourt comme à l'arbre de vie* (1)?

L'influence présumée des astres sur notre athmosphère entroit dans le plan de son ouvrage ; celles de la lune et du soleil lui paroissent seules démontrées , comme elles le sont à presque tous les physiciens par l'analogie des marées ; mais considérant leur action dans un sens inverse à l'égard de l'athmosphère , c'est-à-dire le soleil comme cause perturbatrice , et la lune comme cause constante et seule en possession de produire des

(1) *Quid est illud Monspelium ad quod omnes senes accurrunt tanquàm ad arborem vitæ.* D'AIGREFEUILLE, hist. de Montpellier.

changemens considérables, il établit d'après
les observations relatives au climat de Montpellier, les rapports que les divers phéno-
mènes pourroient avoir avec les points lu-
naires les plus remarquables ; les variations
de la chaleur, celles du poids de l'air ne lui
paroissent pas en dépendre particulièrement,
et ce n'est que sur les pluies que l'influence
lunaire lui paroît à peu près certaine. Sans
entrer dans le détail des observations qu'il a
recueillies relatives aux syzygies, aux apsides,
aux lunistices, je dirai seulement que leur
concours lui a paru souvent lié à des crises
notables, à des orages extraordinaires ; la
révolution de l'apogée lunaire de 8 années
311 jours, peut être regardée comme un
cycle qui ramène les pluies abondantes ; il
cite à cet effet huit époques correspondantes
qui paroissent convertir presque en loi,
cette hypothèse.

Cette cause générale des variations de l'athmosphère, prise dans les phases de la lune
et dans les différentes situations de ce sa-
tellite par rapport au soleil et à la terre,
avoit été déjà traitée dans un mémoire du
célèbre TOALDO, couronné par la Société
royale de Montpellier en 1774, rempli de
faits, de conséquences, et même de préceptes
relatifs à l'influence des météores sur la vé-

gétation ; cette cause étudiée par M. POITEVIN
par rapport à ce climat, lui a offert les mêmes
résultats ; mais la matière n'en est pas moins
encore neuve , quoique d'un très-grand intérêt pour l'agriculture, ainsi que le pensoient
DUHAMEL et MAIRAN. « Nous remarquerons
(disoit M. POITEVIN dans une analyse très-
bien faite du mémoire de TOALDO) » que
» la nécessité de s'instruire sur les rapports
» de la végétation avec les météores, a formé
» dans chaque pays une sorte de physique
» qui n'est point écrite , mais que la tradi-
» tion a consacrée ; c'est l'amas des notions
» vulgaires que le peuple adopte sans examen,
» assemblage bizarre d'observations, d'erreurs
» et de préjugés , mais devenus nécessaires
» aux hommes par le défaut d'observations
» et de théories plus exactes ».

M. POITEVIN sentoit l'importance de ces
résultats grossiers déduits d'une antique ex-
périence par de simples cultivateurs ; acteurs
et spectateurs assidus sur cette scène des
champs , toujours en communication d'intérêt , de crainte et de vœux avec celle de
l'athmosphère , ils savent par cœur l'histoire
de ses variations , et n'auroient besoin que
d'historiens pour l'écrire et de calculateurs
pour en faire une science ; elle seroit sans
doute d'une haute utilité pour l'agriculture

et la médecine , et il appartient peut-être aux sociétés qui s'occupent spécialement de ces deux arts consacrés aux premiers besoins de l'homme , de la fixer sur ses véritables bases.

Il n'est point de parties de l'économie rurale sur lesquelles M. POITEVIN n'eut des connoissances très-étendues ; un domaine considérable dans lequel il faisoit de longs séjours fournissoit un aliment continuel à son goût pour l'observation ; les résultats en sont consignés dans les journaux de physique , dans les portefeuilles de l'ancienne Société royale , dans ceux de la Société d'Agriculture , ou dans ses propres manuscrits. Deux mémoires m'ont paru mériter une distinction particulière.

Dans le premier , qui a pour objet *la manière dont on gouverne les troupeaux sur les montagnes de la haute marche du Rouergue, et celle que l'on emploie dans les communautés voisines de la mer, aux environs de Montpellier ,* M. POITEVIN présente comme une première vue générale ; que dans le vaste bassin formé par les montagnes du Rouergue et des Cevennes , et terminé par la méditerrannée , la mortalité des bêtes à laine est en raison inverse de la proximité des montagnes ; il y indique tous les désavantages de notre

territoire, les causes destructives qui en dé-
pendent et celles qui tiennent à des pratiques
nuisibles. La diversité singulière dans la nature et le mélange des terres, dans la pro-
duction, dans la culture, un parcours trop
varié, une nourriture jamais uniforme, l'air
délétère des marais, les chaleurs excessives,
le mélange des bêtes à laine dans les com-
munaux, l'usage de les conduire dans les
chaumes, tout y contrarie le régime néces-
saire à des animaux dont la digestion est
lente et pénible, et dont le tempérament
délicat ne peut s'accommoder de ces variations fréquentes d'air, de température et de
pâturages. L'utilité des réflexions renfermées
dans ce mémoire, subsiste peut-être encore
malgré son ancienneté ; les spéculations diverses auxquelles on se livre et dont la fer-
tilisation des terres ne paroît pas être le
premier objet, pourroient y trouver de précieux avertissemens, surtout depuis que les
soins raisonnés et les principes de conser-
vation, sont devenus encore plus importans
par l'introduction d'une race étrangère ; le
luxe des entreprises est un moyen de ruine
comme de richesse, suivant le gouvernement
de la chose et la convenance des lieux.

Le second, qui est d'une relation plus directe à la physique, présente des *observations*

sur l'effervescence et la chaleur du vin dans la fermentation spiritueuse ; il fut imprimé dans le volume pour l'année 1770, des mémoires de l'Académie des Sciences de Paris, et le secrétaire perpétuel y ajouta en note : « que cet ouvrage renfermoit une suite de faits intéressans et utiles ». Très-récemment encore, il a été cité avec éloge par les savans et nouveaux éditeurs d'OLIVIER - DE - SERRES. Cette matière dont M. POITEVIN avoit fait une étude constante, lui a fourni divers écrits, entr'autres un mémoire inséré dans les Bulletins de la Société d'Agriculture, *sur un moyen facile de déterminer l'époque où il faut préserver les vins nouveaux de l'action de l'air*, et un extrait lumineux de l'excellent traité d'œnologie de M. le Sénateur CHAPTAL.

Le mérite académique de M. POITEVIN ne doit pas seulement se composer de ses nombreux opuscules, où se montrent le talent de l'analyse, la justesse des idées et celle de l'expression ; il est encore un mérite précieux dans les compagnies, c'est le zèle, le dévouement et l'intérêt pour les travaux et les succès communs, et M. POITEVIN étoit surtout animé de ces sentimens. Cette louable activité autant que sa tendre vénération pour M. de RATTE, pour ce savant qui réunissoit tous les genres de connoissances et de vertus,

lui faisoit suivre les traces du secrétaire perpétuel et presque partager les soins pénibles
de ses fonctions. Parmi les nombreux ser-
vices qu'il a rendus dans l'ancienne Académie,
je dois compter la rédaction dans le meilleur
ordre , d'un recueil manuscrit , contenant
un choix de mémoires en 6 volumes in-f.°
M. de RATTE qui aimoit à voir en lui son
successeur , lui avoit aussi confié le soin de
faire les éloges de MARCOT et de MONTET.
Plusieurs autres éloges ou notices ont été
prononcés dans les séances de la nouvelle
Société ; tous sont distingués par le mérite
du genre , écrits avec une précision élégante ,
une tournure philosophique et une pureté
de style qu'il est de mon devoir , plus que
de mon intérêt , de faire remarquer.

Si l'affection de M. POITEVIN pour l'Académie, étoit vive et soutenue lorsqu'elle étoit
richement dotée , comblée des faveurs de
plusieurs grands personnages, jouissant d'une
haute considération auprès des savans étrangers , et en relation constante avec l'Académie des Sciences de Paris , ce sentiment ne
fut que plus empressé , plus vif et plus in-
génieux , quand la barbarie de mœurs et
d'idées qui domina trop long-temps sur la
France , fit place à une espèce de calme ;
et lorsque l'exercice de la pensée paroissant

lui être rendu, elle se trouva néanmoins sans
asile, dispersée, dépouillée de tout, même
de ses manuscrits. Elle n'avoit en quelque
sorte perdu que ses biens temporels ; l'Académie n'étoit plus, mais les académiciens
existoient encore ; cette Société dépourvue
de tout, excepté de zèle et d'espérances, se
rallia toute entière, et ce fut à la voix de
M. POITEVIN.

Vous avez dit souvent, MM,, qu'il fut
l'âme de nos délibérations, le mobile de nos
travaux, le provocateur de toutes les mesures
utiles, et vous savez le nom trop modeste
qu'il se donnoit à cet égard (1)! Plein de la
tradition de l'ancienne Académie, il la présentoit sans cesse à notre émulation ; il ex-
citoit l'amour de la célébrité dans ses plus
jeunes confrères, se mêloit à leurs discussions,
sollicitoit de nouveaux tributs et donnoit
toujours l'exemple ; il soutenoit le courage
de quelques membres, qui se reposant sur

_____

(1) Je ne suis, disoit-il, que le *tambour-major de
l'Académie.* C'est ainsi que FONTENELLE dans une de
ses lettres inédites, que possède la Société, écrivoit au
secrétaire : *Je ne fais profession d'aucune Science comme
tous les autres, et je suis l'Ignorant de la Compagnie ;
on ne m'a pris que pour cela.*

leurs longs travaux et sur leur réputation,
et accoutumés aux douceurs de l'ancienne
existence académique, avoient repris leurs
places avec contentement, mais espéroient
peu de l'avenir. Il inspira à M. de RATTE,
plus que septuagénaire, le même intérêt,
on pourroit dire le même enthousiasme. Les
registres de la nouvelle Société, ainsi que
les volumes qu'elle a publiés, renferment un
grand nombre d'opuscules précieux de ce
respectable savant, ramené par cette impul-
sion à la même vivacité de goûts pour les
Sciences et pour les Lettres, et l'Académie
que l'on pouvoit considérer comme à son
second âge, sembloit avoir renouvelé celui
de ces illustres vétérans.

M. POITEVIN à qui ces heureux effets doivent
être rapportés, n'a cessé de donner le mou-
vement, de redoubler d'efforts pour sur-
monter des obstacles de tout genre, et de
stimuler les esprits par un zèle qui n'a eu
long-temps d'autre appui que l'amour des
Sciences et des Lettres. Elles avoient fait les
délices de sa vie entière et sembloient, dans
un âge déjà avancé, redoubler de charmes
pour lui. Il pouvoit se promettre pour long-
temps encore ces heureuses jouissances, qui
rendent la vieillesse intéressante, qui la
sauvent du délaissement et de l'ennui, et lui

conservent des rapports avec tous les âges ; il étoit près d'obtenir une distinction bien flatteuse, par sa nomination à une place de correspondant de l'Institut de France ; mais l'Académie étoit destinée à éprouver des pertes successives et cruelles. Déjà M. POITEVIN avoit vu disparoître des hommes d'un mérite éminent, dont il se regardoit comme le contemporain, de RATTE, BARTHEZ, FOUQUET, il devoit suivre de près ses illustres amis. Doué jusqu'alors d'une santé robuste et inaltérable, son activité paroissoit avoir redoublé, lorsque quelques indispositions, en apparence légères prirent, au commencement de 1807, un caractère grave et alarmant, et après trois mois d'une cruelle maladie, il succomba le premier avril de la même année.

Pendant ce période de temps, modèle constant de fermeté et de douceur, il n'a jamais laissé échapper une seule parole d'impatience et d'inquiétude, une seule plainte sur un état qu'il savoit être sans espoir ; il remercioit sans cesse sa femme et ses enfans de leurs tendres soins ; il cherchoit à les ramener à des idées enjouées, et il se conduisoit comme si c'étoit eux qu'il fallût distraire ; affectueux, aimable, poli même jusqu'à ses derniers momens, cette activité d'esprit qui le distinguoit, s'étoit concentrée

pour fortifier son âme ; et l'on pouvoit juger
que soumis à la loi de la nécessité et à l'ordre
de la nature , il s'étoit entièrement désinté-
ressé sur lui-même, et que sa dernière pensée,
sa dernière occupation étoient de ne pas anti-
ciper la douleur de sa famille , de lui dé-
rober même l'idée d'une séparation prochaine;
c'est ainsi que par l'effort d'une raison su-
périeure, il mit le sceau d'une amitié atten-
tive et d'une officieuse bonté , au dernier
acte d'une vie , passée dans l'exercice de ces
aimables vertus.

M. POITEVIN a rempli diverses fonctions
publiques avec les qualités qu'elles exigent ;
l'ordre , l'activité, les lumières et une pro-
bité scrupuleuse ; à l'amour des Lettres, il
réunissoit l'esprit des affaires , et auroit servi
à démentir le préjugé si bien détruit de nos
jours de leur incompatibilité. Après le 18
brumaire, époque de salut et de gloire, où
les meilleurs citoyens furent appelés , il fut
nommé président de l'administration du département , et à l'organisation définitive ,
membre du conseil de préfecture , dont il a
rempli les fonctions pendant sept ans. Cette
partie de son éloge ne m'appartient plus ;
elle est toute entière dans les sentimens de
ses dignes collègues , dans leurs regrets et
leur amitié , et dans l'estime particulière du

Chef de ce département, juste appréciateur du mérite des hommes de bien et des esprits distingués, modèle des qualités qu'il retrouvoit en lui, et qui, malgré son aversion pour la louange, ne peut m'empêcher d'être aujourd'hui l'interprète de ses confrères, et doit me pardonner de devenir celui de tous ses administrés.

Aux vertus publiques se joignoient dans M. Poitevin, celles de la société. Il y apportoit un commerce sûr et officieux, une politesse vraie, de l'agrément et de l'usage du monde. Né avec beaucoup d'esprit et d'imagination, il parloit bien, et une certaine gravité extérieure cachoit un caractère naturellement gai et porté à la bonne plaisanterie, à laquelle il ne se livroit cependant qu'avec ses intimes connoissances ; le goût des arts et de la littérature aimable avoit entretenu dans un esprit facile, cette grâce d'expression, dont on trouve la preuve dans quelques ouvrages d'agrément et dans plusieurs poésies restées dans le secret de l'amitié. Je me permettrai de citer des vers qu'il mit au bas de son buste, dont ses enfans lui avoient fait hommage, parce qu'ils peignent l'homme et qu'ils tiennent aux plus précieux sentimens ;

A MES ENFANS.

« L'un de vous a placé mon Buste sous vos yeux ;
» Mais j'appartiens à tous par ma tendresse extrême ;
» Et le vif sentiment d'un père qui vous aime,
» Doit embraser vos cœurs et resserrer vos nœuds :
» Si d'un art créateur, j'ose emprunter la vie,
» Que mes traits existant, quand je ne serai plus,
  » De la plus douce des vertus,
» De l'amour fraternel, augmentent l'énergie !
» Et que vers moi, sans cesse, attirés, retenus,
» La plus tendre amitié vous presse et vous rallie ! »

Si la tendresse filiale a reçu dans cette inscription si touchante, sa récompense la plus douce, elle en a trouvé une bien flatteuse, en voyant la mémoire d'un père honorée d'un pareil hommage par la Société d'Agriculture, qui a délibéré que le buste de M. Poitevin seroit placé dans le lieu de ses séances. Les regrets qu'a laissés cet homme si recommandable, seront donc attestés long-temps par la double représentation de son image, et dans le sein de sa famille, et parmi ses concitoyens.

Il s'étoit marié avec Mad.lle Despradels, de Millau, modèle des épouses et des mères de famille ; il a laissé trois fils (1), héritiers de ses goûts pour les arts et les sciences, qui occupent avec honneur des places importantes, et une fille, qui joint les grâces modestes aux vertus de sa mère, et mariée au Général CAMPREDON (2), mon frère et mon ami. Ainsi, en payant ce foible tribut au souvenir d'un oncle qui fut le guide de mon enfance et presque le compagnon de ma vie, j'ai eu à me défendre des émotions les plus légitimes ; retenu par la considération que je ne devois être que l'interprète de la Société, si je n'ai pu satisfaire à tous mes sentimens, il me reste à former le vœu, d'avoir au moins satisfait à des devoirs, en même temps si chers et si pénibles.

(1) M. POITEVIN, Payeur de la neuvième Division militaire, membre de la Société d'Agriculture du département de l'Hérault.

M. Casimir POITEVIN, Général de Brigade, Inspecteur général des fortifications, commandant en chef le corps du génie à l'armée de Dalmatie.

M. Théodore POITEVIN, attaché au Ministère de l'Intérieur, membre de la Société.

(2) Général de Division, Inspecteur général des fortifications, commandant en chef le corps du génie à l'armée de Naples, premier Inspecteur du génie de S. M. le Roi de Naples, membre de la Société.

MONTPELLIER,

Chez la Veuve Tournel et Fils, Imprimeurs
de la Société des Sciences et Belles-Lettres,
rue Aiguillerie, n.° 43.

www.ingramcontent.com/pod-product-compliance
Lightning Source LLC
Chambersburg PA
CBHW060912180626
46818CB00004B/1925